AF283506

TOTI VOLLMER

Quitapesares
Y OTROS CHUPITOS

Título: Quitapesares y otros chupitos
Primera edición: junio, 2024
© 2024, del texto Toti Vollmer
© 2024, de la edición, maquetación y diseño Platero CoolBooks
© 2024, de la cubierta e ilustraciones Verónica Ettedgui, @vettedgui
© Platero Editorial S.L.
Glorieta Fernando Quiñones s/n
Edif. Centris, planta 2, módulo 10. 41940 Tomares (Sevilla)
info@plateroeditorial.es
www.plateroeditorial.es
Diseño de portada: Platero CoolBooks.

Printed in Spain-Impreso en España
ISBN: 978-84-10062-33-7

*A Mamá y a Venezuela, por ser
canteras infinitas de historias.*

*A Vero,
por seguirme el juego siempre.*

A Kike, Pato y Juanchi, mi equipo resteado a toda prueba.

Los amo.

DESTILADOS

Siempre fuiste mi espejo,
quiero decir que para verme tenía que mirarte.

—*Bolero*, Julio Cortázar

EL LADO OSCURO

Me exigía que lo acompañara siempre bien arreglada, discreta y dócil. Imponía sus pautas en la cama. Pretendía que le resolviera temas triviales como casa, ropa, niños, comida. No previó que desempeñaría tan bien mi papel de sombra.

Intuición

La primera vez, me lo advertiste después de aquel encuentro furtivo en la cafetería y no te escuché. La segunda, me lo recordaste tras unos cuantos *whiskies* en el rincón más oscuro del *pub* y te hice callar. La tercera, casi me lo gritaste cuando él salió apurado por una emergencia a medianoche y más nunca regresó. Ahora me atormentas con ese antipático «te lo dije».

ATEO

Los platos sucios se apilaban hasta el techo, las matas estaban secas, la ropa, inmunda, y la mitad de la cama, vacía. No aguantaba un día más de viudez, así que se tomó todas las pastillas que encontró en el baño con media botella de ron.

Antes que seguir solo de este lado, elegía estar junto a ella en ningún otro.

PRIMERA PLANA

Le hice jurar que me guardaría el secreto: necesitaba compartir esa carga con alguien más. No pensé que se tratara de una necesidad universal.

A LA DERIVA

El billonario que controla más de la mitad de los ocho mil satélites en órbita alrededor del planeta se jacta de que de noche lucen como estrellas. Abajo, los balseros son incapaces de encontrar el norte.

DUELO

Al revisar sus cajas y leer sus cartas descubrimos a una mujer vivaz, divertida e interesante que en nada se parecía a madre.

AGUA DULCE

Durante un tiempo nadamos en la misma piscina, yo siempre por el primer carril, tú por el quinto. Yo estaba en medio de una ruptura y esa hora en el agua era terapia. Tú, con brazadas a un ritmo frenético, sopesabas la mejor manera de emigrar. Madrugábamos con el mismo fin: encontrar la soledad que solo da no compartir el canal.

Algunos viajes, desventuras y duelos más tarde coincidimos en el carril 2. Todavía lo hacemos.

Amores esdrújulos

Romántico: mágico, químico, balsámico, poético, fantástico.
Narcótico: pérfido, fanático, caótico, díscolo.
Físico: etílico, plástico, orgásmico.
Pícaro: anónimo, efímero.
Óptimo: utópico.
Tóxico:

LECCIÓN DE EMPATÍA

Lo único que le deseaba a su ex era que le agobiara de por vida la misma incertidumbre que a ella entre el instante en que hizo pipí en el palito y en el que se reveló el resultado.

Siete segundos para una primera decisión

El pelo.
     Los lentes.
          Los labios.
               El olor.
                    La ropa.
                        El tatuaje.

El anillo.

ÚLTIMA CENA

La mosca masticaba los excrementos del perro cuando la sedujo el olor de una chistorra sobre los carbones. Nunca anticipó el manotazo letal. Tampoco se enteró de que, a veces, comer mierda es la mejor opción.

CARIES

Se armaron hasta los dientes para combatir por la paz.

RELACIÓN TÓXICA

Había una vez un erizo que se enamoró perdidamente de un pez globo.
Fin.

DILUIDOS CON AGUA BENDITA

*Me desconcierta tanto pensar que Dios
existe como que no existe.*

—*El coronel no tiene quien le escriba,*
Gabriel García Márquez

Sobre las sagradas escrituras que nunca fueron

III

Ni siquiera el Creador anticipó que una Eva en cueros evitaría las calorías de la fruta prohibida.

II

Adán sentía predilección por las berenjenas sobre las costillas. Y no por vegetariano.

I

El quinto día vio que todo lo que había hecho era bueno.

Y descansó.

Fe sorda

En el pueblo hacemos ofrendas de yuca y plátano a santa Bárbara cuando el sol del verano escama la tierra. Durante las fiestas, bailamos a nuestra patrona la semana entera. Si hay entierros, velamos al difunto nueve días con sus noches. Ahora, en tiempo de invierno, los más devotos se congregan en la iglesia y ruegan a Dios y a san Isidro para que escampe.

Entre tanta alabanza nunca se escuchó el rugir feroz de la ladera, anuncio del deslave que arrasaría con campos, templo y súplicas.

Dependencia

Como Job, cuantas más pruebas le ponía su marido, más fe le tenía.

FIN DE MUNDO

Por más que se estrujó la memoria y buscó por todos los rincones el tomo original de su preciada colección de hechizos, pócimas y conjuros, no daba con él. El mago entró en pánico, pues entendía el peligro de que las fórmulas precisas para convertir agua en vino, multiplicar panes y peces y resucitar cuerpos a los tres días cayeran en manos de algún inescrupuloso.

Cuestión de fe

La agnóstica de mi comadre me pidió que rezara a la patrona por la salud de su hija.

DECISIONES

El indígena enrolla su último cigarro con mimo mientras pondera: si manda al hijo a educarse con los misioneros, pierde mano de obra, y el niño, su identidad; si lo deja en casa, la familia no recibe más el paquete con tabaco, comida en lata y torres de catecismos para alimentar el fuego.

LA GRAN ESTAFA

Tomé los votos con fe y convicción profundas. Durante mis primeros años, el de castidad se me hizo muy difícil. Me enviaron a una misión paupérrima en un paraje olvidado y cuestioné el de pobreza. Sin embargo, en ambas instancias vencí las tentaciones y le brindé el sacrificio a mi Dios.

Fue cuando observé al Vaticano de cerca que decidí no volver a bajar la cabeza.

LOS CUERNOS DE DALILA

Lo que no cuenta la historia es que Sansón tenía un tórrido enredo con su peluquero.

Caída libre

Como hacían con todos los muertos de la tribu, colocaron el cuerpo de la chamana dentro de su canoa, la taparon con hojas y tierra, la amarraron con lianas y, tras una breve despedida de flores y aguardiente, la soltaron río abajo. Horas más tarde, y ayudada por las sacudidas de la corriente, despertó de su sobredosis de ayahuasca solo para dar paso a la pesadilla de la resaca. Desesperada, trató de moverse, de respirar, pero la mortaja era tan implacable como el vaivén. En su frenético afán por vivir, tuvo un último instante de claridad: este viaje iba en una sola dirección y sus dioses la habían abandonado.

ÍDOLO ROTO

Su postura, las plumas del elaborado collar ceremonial y el perfume a romero, salvia y tabaco le daban un aire de divinidad al chamán. Para él, la vida transcurría en ese limbo entre el reino humano y el del éter, y su misterio lo hacía inalcanzable.

Hasta que irrumpieron los espejos en la tribu.

CONSEJO DE VIEJA

Espero que más pronto que tarde dejes de llorar por él, María. Que ese no vale una lágrima tuya, que más se perdió en la guerra. Que te preñó, sí. Que te tomó por sorpresa porque eres muy inexperta, pues… supongo que también. Pero agradece que no estás sola. José es un buen chico y te quiere. No será el mejor carpintero del mundo, pero seguro que te ayuda con tu hijo. Así que deja de quejarte, móntate en el burro y se van a empadronar a Belén o adonde sea que les corresponda, porque a ese niño le debes, por lo menos, que lleve dos apellidos.

Círculo vicioso

Aunque el yonqui intenta suicidarse todos los días, la limosna que recoge en la puerta de la iglesia nunca le alcanza.

ALIENTO DE FE

Una madre enciende el trocito de vela que rige su altar. Allí conviven imágenes desteñidas del Sagrado Corazón de Jesús y la Virgen de Coromoto junto a las de María Lionza, el Negro Felipe, beatos, muertos de la familia, exdictadores y la nueva cepa de los santos malandros. Al terminar la vuelta diaria de peticiones y promesas sopla la llama deprisa para que la protección al único hijo que le queda le alcance, aunque sea, para un día más.

CHUPITOS BOMBA

Es imposible ser algo que no se es.

—*Cerca del corazón salvaje,* Clarice Lispector

Día libre

Trescientos sesenta y cuatro días consecutivos viste como lo esperado, se comporta igual que sus colegas ante alumnos, padres y representantes, se diluye entre los demás maestros de la escuela privada. Pero un domingo al año elige con cuidado el traje, las botas de tacón alto, los accesorios. Se afeita barba y bigote al ras. Luego se aprieta el corsé y mete rellenos para pronunciar el escote, también rasurado. Se borra las cejas y las pinta de nuevo a la altura de la sorpresa, se pega unas pestañas larguísimas con mucho cuidado. Transforma sus pómulos, engrosa sus labios, broncea brazos y piernas, se calza la peluca bañada en laca.

Sale a la calle, exuberante y anónima, segura de sí misma, divina, a exigir sus derechos a viva voz. Justo antes de que suenen las doce campanadas llega a casa y, con escarcha aún en la piel, termina de corregir los exámenes.

En celo

Compré una cámara para vigilar a la mascota y descubrí que la muy perra andaba con otra.

El refugio

La joven quedó embarazada tras los abusos reiterados de su patrón, un hombre devoto. Probó infusiones y emplastes, se introdujo objetos punzantes, hizo peso, y nada. Al borde de la desesperación, encontró un costal de harina y cada noche se lo ponía sobre el vientre. A los pocos días los dueños de la finca la encontraron en su habitación sobre un charco de sangre. Superados el sobresalto y los primeros auxilios, la denunciaron ante la Iglesia y la ley. La muchacha se declaró culpable y, al enterarse de la condena que tendría que cumplir, se sintió libre por primera vez.

CARA Y CRUZ

A pesar de las décadas que habían pasado desde aquel verano de campamento, fogata y canoas, el vértigo se volvió a apoderar de mi cuerpo con solo verte de soslayo: salías de un bar abrazada a tu chica mientras yo entraba a los maitines con mi congregación.

Misión cumplida

Las expectativas de mis padres eran que aprendiera a montar con pericia, que desarrollara una puntería letal y que encontrara a la princesa adecuada para continuar el linaje. Eso y darles un nieto varón. Las dos primeras las logré con excelencia gracias a los favores de mi buen mozo de cuadra, quien, solícito, me enseñó las destrezas precisas y atendió todos mis deseos..., hasta el de pasar la noche de bodas con mi mujer. El día en que nació el primogénito, salí de cacería y no regresé jamás.

GANÓ EL SILENCIO

Sucedió de madrugada, justo antes de despertarse con la brisa fría y descubrir la ventana abierta. No hubo pistas, mensajes, lágrimas ni advertencias. Solo aquella conversación que arrastraron durante semanas y que nunca lograron tener.

Cuerpos de barro

Me seduce entre sus manos mientras giro en la plataforma como una contorsionista. Sabe cómo hacerme sentir divina, maleable, plástica. Sus manos firmes y conocedoras son la gloria, me rindo ante su tacto. No opongo resistencia, le entrego mi voluntad, mis curvas, cumplo todos sus caprichos. Una vez satisfecho, me coloca con cuidado en la estantería, junto a las demás.

Aún con sus huellas húmedas sobre mi piel, empieza el ritual de nuevo, con la próxima.

DESPECHO

Yo vestía de blanco, ella de negro. Desenfundé primero, ella se tomó su tiempo. Mi bala le rozó un hombro, la suya me perforó el corazón. Yo caí rendida, ella siguió de largo.

CONJUGACIÓN DE LOS DISTINTOS

Yo amo
Tú quieres
Ella respeta
Nosotros aceptamos
Vosotros toleráis
Ellos no

La extraña

Cada noche me acostaba de mi lado y la extrañaba. Cerraba los ojos y la extrañaba, olía su almohada y la extrañaba, no escuchaba sus ronquidos y la extrañaba, estiraba el brazo, no la encontraba y la extrañaba. Desesperada, invadí el otro lado de la cama.

CENIZAS QUEDAN

Su marido era presumido y caprichoso, pero capaz de cualquier cosa para desmentir a los tabloides. Tras el publicitado episodio de la zapatilla de cristal, seguido de aquella boda exorbitante en palacio que prometía felicidad eterna y perdices en abundancia, regresó a las saunas y a disfrutar de sus otros excesos en paz.

Sirenas al vuelo

Mi padre crea turbulencias y caos con su tridente para defenderme del príncipe humano que me corteja mientras yo caigo rendida ante las promesas arcoíris de esas escamas húmedas que adornan las curvas de tu cola.

ÉRASE UNA VEZ

… una fila interminable de príncipes, caballeros, cazadores, leñadores y enanos que intentaron despertarla, pero no hubo suerte. Tuvo que besarla la criada para romper el lugar común.

TRAGOS DE NOSTALGIA

Tal vez quienes mejor olvidan mejor viven.

—*El mundo iluminado*, Ángeles Mastretta

SOLEDAD

La naturaleza gana terreno y va borrando la huella humana. Al matadero se lo tragó el óxido. El caserío es un enjambre de ramas y lianas. La única carretera, prácticamente abandonada, se va haciendo más estrecha, pues todas las madrugadas un hombre solitario quita el asfalto de los bordes, lo derrite en una lata y con ello rellena los huecos de la calle, con la esperanza de que alguien más llegue.

LUCIDEZ

Ansiaba el día en que la cabeza le fallara tanto como el cuerpo.

SUCEDÁNEO

Mis recuerdos más tempranos son el olor de mi madre, el del mar y el dulzor ácido de las ciruelas de huesito que abundaban en el patio. Tras la pérdida y la mudanza, el abuelo trató de recrear en la ciudad lo único que pudo de mis nostalgias.

Años más tarde me enteré de que las matas de plástico no daban frutos.

Instantánea

Con el tiempo todo pasa.
He visto, con algo de paciencia,
a lo inolvidable volverse olvido,
y a lo imprescindible sobrar.
—Gabriel García Márquez

A los trece años mi padrino me regaló su vieja Leica de 35 mm y desde ese momento sentí la necesidad de documentar todo lo que sucedía a mi alrededor. Mi afición creció cuando pude viajar, pues necesitaba capturar historias, paisajes y gente, así que incursioné en el color. Con el tiempo llegaron las Polaroid y sacrifiqué calidad por diversión, pero al ver que mis recuerdos se desteñían decidí experimentar con una cámara super-8. La cinta sí que reproducía mi vida con exactitud. A través de ese lente vi crecer a mi familia, fui testigo de muchos cambios de estación, de cómo mi marido se quedaba calvo y a mis amigas se les llenaban las caras de rayas. Ahora, de vieja, he decidido comprar un largavista porque el tiempo y la memoria solo me alcanzan para enfocarme en lo imprescindible. Hasta que gane el olvido.

OLVIDADIZO

Todas las tardes el octogenario recuerda cuánto odia los juegos de memoria.

GESTOS DEL PASADO

No recuerda qué había para desayunar esta mañana ni cuántas pastillas debe tomar al día. Tampoco es capaz de elegir la ropa que tiene que vestir. Al mirarse al espejo no se reconoce con ese pelo blanco y ralo, mirada turbia de cataratas, piel manchada, cuello arrugado, todo arrugado, manos pecosas, piernas flacas, dedos de los pies torcidos.

Pero en el instante en que esos pies hacen una punta perfecta, cierra los ojos y sus piernas se tonifican, la postura se yergue, las clavículas se fortalecen y sostienen su cuello largo de cisne, hombros, brazos, manos recuperan la memoria de tiempos de escenario.

ALMAS LIBRES

«Nací en un matriarcado fantástico. Vivo en manada, atravieso kilómetros de sabana, abro caminos, me baño en el lodo y cavo pozos durante el verano. Cuido de nuestros hijos y sobrinos. Amo esta vida útil y salvaje. Me fascina sentirme un eslabón en el equilibrio perfecto de la naturaleza».

Ese mantra se lo repiten cada noche, al terminar la humillación bajo la carpa, mientras les encadenan las patas a unas con otras.

Siembrapalabra

Dedicó su vida a reforestar bibliotecas.

SOLIDARIDAD

En los astilleros de Gdansk, es frecuente encontrar a un viejo bigotudo que juega al ajedrez y bebe aguardiente con los demás obreros. Dice que luchó por su gremio, por la libertad del país, por salir de la oscuridad. Dice que ganó premios importantes, que se codeó con personalidades del mundo entero. Dice que ganó algunas elecciones, que perdió otras.

Me da lástima que gaste su escasa pensión en ese veneno. De vez en cuando le llevo vodka del bueno a cambio de escuchar sus desvaríos.

EVIDENCIA

Todas las mañanas comenzaba a leer el periódico por los obituarios para tener la certeza de que seguía vivo.

Rígida

Su gran talento era estarse quieta. Posó desnuda frente a generaciones de estudiantes de arte desde que apenas estaba en edad legal hasta que sus pezones le rozaban la cintura. Tras casi cincuenta años de servicio, y muchos miles de bocetos que registraron cada centímetro de su piel, cada curva, gesto, arruga, pelo y lunar, de frente, espalda, escorzo y perfil, seguía siendo una anónima.

Al terminar la última sesión, el profesor quiso reconocerle en público su capacidad para mantener la pose a pesar de su avanzada edad. El aplauso se detuvo en cuanto notaron el vacío en su mirada.

Mal de tierra

El chico estaba dispuesto a todo para escapar a su suerte. La implacable tradición familiar de más de doscientos años legaba al primogénito el oficio del padre, relojero en este caso, y el que le seguía debía consagrarse a la Iglesia. Para su infortunio, él era el segundo, así que decidió hacer todo para reformar dos siglos de abuso. Cansado de perder, escapó de casa, embarcó como polizón en el primer barco con rumbo desconocido y dos meses más tarde atracó del otro lado del océano en un mundo con otra luz y otro color, otras voces, otra cadencia, en donde el tiempo discurría en desorden, y se sintió listo para empezar a ser feliz. Cegado por el flechazo inicial del mar Caribe, nunca imaginó cuánto llegaría a extrañar el ritmo marcial de la relojería.

Rutina

Tomo café solo para despertarme, cortado con el desayuno, endulzado para merendar, descafeinado antes de dormir y los domingos fríos cuelo un guayoyo con agua de lluvia para no olvidar.

CÓCTELES
EXPLOSIVOS

Hay que tener cuidado al elegir a los enemigos
porque uno termina pareciéndose a ellos.

—Jorge L. Borges

TRATA DE BLANCAS

Le cambié las pastillas porque no soporto que me ponga una mano más encima ese viejo verde. Desde que me quitó el pasaporte, mi vida ya no es color de rosa. Tomó un tiempo y algunos favores conseguir el tono exacto de azul. Pero si estás dispuesta a pagar el precio, todo lo provee el mercado negro. Lo debo haber logrado porque lleva tres días morado. Me largo antes de que se desate la alerta roja.

EL NARCO DE NOÉ

Al capo más buscado le aburría no poder salir de su inmensa propiedad, así que, en un capricho de proporciones bíblicas y dispuesto a pagar un diluvio de dólares para obtenerlos, empezó una curiosa afición: coleccionar una pareja de cada uno de los animales conocidos por la humanidad.

Pronto, pájaros exóticos, conejos enanos, tortugas carey, pavorreales albinos, cobras de dos cabezas, todo tipo de mariposas, jirafas, hipopótamos, renos y unicornios adornaban sus jardines.

Los osos polares no sobrevivieron el traslado a tierras tropicales, pero sus pieles se exhibían como alfombras en la sala de los trofeos, junto al impresionante muestrario de dedos y orejas de sus enemigos más influyentes.

Polvo eres

Elegí semillas de calabacín y las sembré en hileras meticulosas, entre las remolachas y los pimientos. Estaba seguro de que los ruidos y gritos de la noche anterior habrían despertado la curiosidad de mis vecinos, así que tenía que disimular a toda costa el extraño montículo de tierra recién removida en el medio del patio. Y, de paso, aprovechar que estaba tan bien abonada.

Contrato infernal

Vista la popularidad entre aspirantes a celebridades, políticos e *influencers,* el despacho decidió renegociar las condiciones para almas con agallas sobredimensionadas.

LUTO

En mi familia abrazábamos árboles, éramos veganos y creíamos en los seres de luz, pero nada de eso era popular en el quinto grado, como tampoco que mi madre se negara a comprar jabón para no contaminar las aguas. Como nuestros compañeros poco entendían de paz y amor, nos tocó agregar dosis diarias de mierda a nuestra sanísima dieta.

Ahora se asombran de que un miembro de mi familia se robara una escopeta y entrara a la escuela a disparar a quemarropa. Lo que no previó mi hermano es que el camino de la venganza deja por lo menos dos tumbas.

Minuto de gloria

Nací con un superpoder: ser invisible a la mirada de mis padres. No importaba lo que hiciera, la competencia en casa parecía mucha para ser vista. Fui una alumna brillante y no funcionó. Entonces decidí portarme mal. Nada. Decía que llegaría a una hora y me aparecía en casa entrada la madrugada, drogada, con un indeseable, y ni así me miraban. Solo cuando salí esposada en el noticiero logré el tan anhelado mohín de desprecio.

UN ÉXITO DE MUERTE

A los dieciséis años tenía más de medio millón de seguidores, toda una figura pública emergente en las redes sociales. El día de la noticia se quintuplicó su popularidad. Hay quienes dicen que el maltrato del padrastro la llevó a tomar pastillas en exceso. Otros coinciden en que ganó su vanidad.

El sueño americano

El lunes, un loco disparó a mansalva dentro de una farmacia del barrio latino. El martes, alguien disfrazado de superhéroe hizo lo mismo en el cine. El miércoles, la policía mató a patadas a un hombre negro frente a las cámaras. El jueves, un niño entró a la escuela con un rifle y le voló los sesos a su maestra. El viernes, estalló un bar, y el sábado, las gradas contrarias de un partido amistoso de béisbol. El domingo por la mañana, jueces y diputados se lavaron las manos tras una vigilia por la paz del mundo.

ERROR DE CÁLCULO

Guardaba con manía comida, agua, armas, baterías y dinero en el desván para que ningún imprevisto la tomara por sorpresa. Nunca contempló el peso de su alacena.

Titular de mañana

Apenas terminaba de recoger la cocina cuando escuchó un estruendo en la terraza. Tras el sobresalto inicial, se acercó y reparó en un cacharro estrellado en el suelo. Examinó lo que parecía un dron irreparable. Se asomó en busca del dueño, pero la calle estaba oscura y desierta. A punto de botarlo, le interrumpió el timbre. Abrió la puerta y la sorprendió un chico guapísimo que venía a excusarse y a buscar su chatarra. Encantada con su suerte, y como esa sonrisa le era tan familiar, lo hizo pasar.

Necesitó un par de cervezas para reconocer que se trataba del de la foto que inundaba internet, el que acechaba a sus víctimas fatales con cámaras ocultas.

La última generación

Implosionó cuando sus emociones primitivas colisionaron con su tecnología de vanguardia.

MUSEO DE LA EVOLUCIÓN

La colección es extraordinaria. Hay salas enteras dedicadas a dinosaurios de todos los tamaños y formas. Les siguen los mamuts, titanoboas, megalodones y dientes de sable. Más adelante está la muestra de dodos, rinocerontes negros, tigres de Sumatra, lobos de Tasmania y una curiosa serie de *Homo sapiens* de aspecto frágil e inofensivo reunidos en torno a un botón rojo. Cierra la exposición una plaga de cucarachas.

Esta sección fue patrocinada por:

Lavandería Corleone*

• Ponemos sus transgresiones en remojo.

• Restregamos sus delitos.

• Desteñimos cada una de sus violaciones.

• Blanqueamos sus fechorías.

• Enjabonamos conciencias.

• Limpiamos imágenes personales y corporativas.

• Proveemos todos los servicios relacionados con devolverle sus antecedentes al estado original de pulcritud.

Paquetes todo incluido.
Trabajamos fines de semana y feriados.
Estricta confidencialidad.

* Solo aceptamos criptomonedas.

CON
DENOMINACIÓN
DE ORIGEN

*La lluvia en el trópico se larga cuando menos se espera,
sin dar tiempo para dejarse aconsejar
por juiciosos paraguas.*

—*Pensamientos*, Elisa Lerner

El lobo

El futuro le pertenece a quienes lo oyen venir.
—Bob Dylan

Primero fue el tintineo de la lluvia sobre el techo de lata. No reparamos en ella. Después los rayos y los truenos. Desestimamos. Cuando nos aturdió el rugir de la crecida, ya era demasiado tarde.

SOBRECUALIFICADO

Mi mamabuela no sabía leer, sin embargo, tenía muy claro que el estudio me sacaría de abajo, así que se pasó la vida planchando para que yo pudiera superarme.

Título de electricista en mano, las dificultades y el hambre me obligaron a migrar a pie por las trochas. La viejita se quedó triste, aunque estaba segura de que mi oficio me abriría caminos.

El día del entierro pude honrarla con la urna y las flores más lindas, y se lo agradecí a Dios entre lágrimas. Pero más le agradecí que se la llevara antes de tener que explicarle que sus tratamientos y el ataúd los pagaron mis manos destrozadas por raspar coca a siete dólares la jornada.

Naturaleza muerta

En las minas del país más rico del mundo los mercenarios se pudren en oro, la selva se desangra, los ríos se secan, los hombres y mujeres se intoxican de mercurio y de prostitución; las ratas, los zamuros y los niños se disputan la carroña.

Cadena de abastecimiento

En el país más rico del mundo, los pacientes mueren por la degradación de los centros de salud. Mientras, se disparan los precios de los órganos en el mercado negro. Uno que ofrece su riñón explica que en veintisiete años no le ha fallado un solo día y justifica que lo vende para pagarse un tratamiento.

La presa

Los pobladores ancestrales de aquellos humedales no entendían por qué de pronto eran incapaces de leer las mareas, por qué las inundaciones no se correspondían con la Luna y el agua de los caños sabía tan salada. Invocaron a sus dioses, ofrecieron sacrificios espléndidos, pero nada resultó. Cuando los cultivos ya no aliviaban su hambre, emigraron a la ciudad en busca de ayuda. Los llamaron invasores.

LETRAS MUERTAS

Presa de su paranoia, el dictador también ordenó el cierre de la Academia de la Lengua.

TRASQUILADO

Fui testigo de la fuga de cerebros, pero tenía fe en la revolución. Miré cómo los perseguidos políticos, los intelectuales y los periodistas huían por sus vidas, y aplaudí la purga. Vi desaparecer a la clase media, a mis vecinos, a mi familia, quienes buscaban una mejor vida en el extranjero, y lo consideré un daño colateral. En el momento en que por fin se disolvió la resistencia, contemplé cómo avanzaba la vorágine sin control. Cuando invadieron mi casa, me encontraron solo, en el baño, enjuagándome la barba.

LOS SUBVERSIVOS

La redada detuvo a una madre que ponía una ofrenda en la acera en la que su hija había caído durante la manifestación, a un enfermero que protestaba para que los pacientes tuvieran acceso a sus tratamientos, a unos abuelos que reclamaban sus pensiones, a los estudiantes que exigían clases, a los maestros que pedían sueldos justos para darlas.

GRANJA DE HORMIGAS

Escaleras de peldaños irregulares se conectan en un laberinto mal iluminado. Unas sobre otras, las casas desafían la gravedad, al tiempo que sus habitantes ruegan que no ocurra otro terremoto. Mercados a cielo abierto se apoderan de las canchas durante el día, y por la noche son polígonos de tiro. Los niños van a la escuela, o no. Los maestros van a la escuela, o no. Los padres no ejercen y las abuelas son madres. Los brazos no son personas, ni los votos, ciudadanos.

Rap Casta urbana

Formar parte de la banda no es una vaina opcional.
Si tú vives en el barrio, ya formas parte, carnal.
Los niños, desde que pueden, actúan de *mandaderos.*
Compran, mueven mercancía, pero no ganan dinero.

Cuando pasas de los nueve, te ponen de *garitero,*
tienes radio, cantas zonas, y vigilas el terreno.
A los trece llevas hierro, te enseñan a disparar
y el de puntería más fina es el que va a destacar.

Si llegas a diecisiete, ya puedes ser *traficante,*
vas pasando cada prueba, hasta las que son de sangre,
te gradúas de *malandro* si tienes la disciplina
y, con un poco de suerte, te bañan en cocaína.

Te empieza a caer billete cuando llegas a la cima.
Gastas en caña y en sexo, te gozas la buena vida,
disfrutas vicio con furia, nada dejas *pa'* despúes
porque aquí la expectativa no pasa de veintitrés.

Amor lapidario

Como todos los quince y últimos de cada mes, compró la mejor botella que su arruinado bolsillo le permitió y se encaminó al cementerio. No era de aquellos camposantos a las afueras, rodeados de grama verdísima, pájaros y lápidas uniformes, sino del tipo que se traga la ciudad, lleno de ángeles caídos. Caminó sobre alas rotas de granito, columnas de mármol resquebrajadas y cubiertas por el monte, losas sin nombre y nombres sin fosas. De entre las coronas que otros deudos habían llevado a sus ausentes, escogió las flores en mejor estado y compuso un ramo poco pretencioso.

Ella lo esperaba en el mausoleo semiderruido de siempre. Reparó en que, desde la última vez, había enrejado el recinto e instalado una puerta con cerrojo. Una vez dentro sintió el calor de la leña a medio apagar. El perro amarrado a la verja y las colchonetas sobre el piso de piedra le hicieron pensar que esta relación podría ser más definitiva.

Vengar la memoria

La madre atesora la última pieza de plata de la familia mientras la dictadura se los come vivos: sus hijos están desaparecidos unos, exiliados otros, y la casa, otrora sitio privilegiado y cálido, se cae a pedazos. Siempre que escucha pasos de botas en la acera, bruñe hasta el desgaste los arabescos del puñal.

VACÍO

La universidad fue ultrajada. Rayaron paredes, rompieron ventanas, robaron móviles, cables, equipos completos, desvalijaron carros en el estacionamiento... Cuando no quedaba nada de valor, atacaron a los que estábamos dispuestos a defender la institución con nuestra piel. Nos invadieron con ignorante violencia.

Hoy me armo de valor y regreso a un lugar que no reconozco, en donde enseñé durante toda mi vida. Entro en el que fue mi templo, la biblioteca. Descubro con horror que los pasos no hacen eco cuando caminas sobre cenizas.

SORBOS Y
OTRAS PÓCIMAS

¿Qué mundos tengo dentro del alma
que hace tiempo vengo pidiendo medios para volar?

—Alfonsina Storni

Talía, hierbas exóticas

Acudían en tropel por las buenas vibras que prometía su perejil cultivado en luna llena, compraban menta para vencer las adversidades e invertían en la protección que les otorgaban las limpias con ramas de salvia orgánica. El sauco era su producto estrella, infalible tanto para los amarres como para los trastornos digestivos. Romero y ruda siempre eran cortados bajo la influencia de Júpiter, de manera que sus propiedades para purificar presencias negativas estaban garantizadas; y la albahaca no le duraba en el anaquel, porque prometía prosperidad eterna.

Nadie reparaba en que la dueña del puesto había perdido mucho peso, vestía siempre lo mismo y apenas le quedaban un puñado de dientes.

Alter ego

Al personaje que me ayudó a llegar a adulta la llamé Estela, la niña del circo. En su mundo no había hambre, sino comida que desaparecía como por arte de magia; las ratas enormes eran fieras a quienes amaestrar; no se escuchaban gritos, sino vítores; las burlas eran chistes y carcajadas, y los harapos, el vestuario para la función. Cuando mis padres nos aplastaban y retorcían, Estela veía contorsionistas.

Cortar por lo sano

El italiano que tallaba juguetes estaba demasiado viejo y cansado como para seguirle el ritmo a un preadolescente mentiroso, así que resolvió serrucharlo y lanzarlo a la lumbre para avivar el fuego.

EL AMARRE

La mujer del autobús me tenía embobado. Esa mezcla de mirada sugerente y el aroma dulzón que flotaba en el pasillo cada vez que ella bajaba en su parada… Pronto me descubrí buscando excusas para coincidir en dirección y hora. Sé que suena extraño, pero la atracción superaba a la lógica.

Un día me armé de valor y la seguí hasta su trabajo, una tienda de especias y té, pero no me atreví a entrar. Resuelto a hacer algún tipo de contacto inteligente, decidí aprender todo sobre las infusiones, y aquí estoy, un par de semanas más tarde, listo para disertar sobre la fermentación y oxidación de las hojas y sus propiedades.

Entro a la tienda dispuesto a disfrazar mi ansiedad con verborrea y me encuentro en un espacio mínimo, recovecudo, oscuro, oloroso y sin una sola persona a mi alrededor. Aborto la misión, y ya de salida noto a mi izquierda una suerte de altar con velas, piedras, sal y una foto mía. A mis espaldas escucho una voz helada con ligero acento extranjero.

—¿Por qué tardaste tanto?

Sin palabras

Hartas de no ser escuchadas, ellas se cosen los labios.

TESTOSTERONA

Me encontré un curioso artefacto de lata oxidada y traté de limpiarlo con la manga de mi sudadera. Del pico salió un chorro de humo que olía a incienso y pronto se materializó un tipejo que en nada se parecía al sexi genio azul. Con aliento podrido de una resaca milenaria y acento árabe, me vociferó que me apurara en formular tres deseos. Sin pensarlo pedí tamaño, fuerza y fama.

Y aquí estoy: soy el titán de la cabeza cagada de palomas que carga el peso del mundo sobre sus hombros y adorna la fuente de la plaza.

LEYENDA VIVA

Murió mil veces en su vida: de calor, de tristeza, de miedo, una vez por cada despecho. Murió de hambre, de sueño, de risa. Estuvo muerta muertita de los nervios, de la envidia y de frío. Murió de odio, de aburrimiento, de celos, de soledad, ¡de dolor! ¡Tantas veces murió de abandono y de dolor!

El resto del elenco apostamos por que moriría de sobreactuación.

Ruleta rusa

No dejaría de hacer nada por miedo: ese era el pacto al que había llegado consigo misma desde aquella dolorosa ruptura. Así que abandonó los estudios, se escapó de casa, escaló montañas sin arnés, participó en orgías, probó todas las drogas que encontró, apostó mucho, hizo surf en medio de un huracán y siempre se salió con la suya.

Hasta el día en que el ex le invitó a celebrar su última hazaña con un delicioso plato de sushi de pez globo. Lo estuvo desafiando con la mirada hasta el final.

Post mortem

Hundida en su tristeza, recibía una por una las condolencias de familiares y amigos. No se separó un instante del ataúd que contenía los restos del hombre con el que llevaba más de cuarenta años de casada. Un desconocido que se presentó como el florista del marido le dio el pésame.

—Fue un gran cliente, ¿sabe? No quedan muchos que le envíen una docena de rosas blancas a su mujer todos los jueves. Usted me dirá qué hago con los tres meses que dejó pagos por adelantado.

La viuda disimuló su confusión como mejor pudo, tragó amargo, y le hizo saber que la próxima semana iría a por su ramo personalmente. Y a ajustar cuentas.

Diván on the Rocks

Los escucho entre comandas, los evalúo y diagnostico mientras sirvo una cerveza o mezclo sus tragos. Ofrezco consejos a la vez que lavo la coctelera y seco los vasos. Algo debo hacer bien porque regresan. Intervengo, reconcilio o divorcio a la carta entre una copa y la siguiente, todo por una buena propina. Y mientras, me entra un fresquito imaginando lo que dirían los profesores de la facultad que me reprobaron, hasta la tarada que me tildó de psicópata. Si supieran lo que gano ejerciendo tras esta barra.

EMANCIPADA

En la semana treinta y cuatro ya daba muestras de querer salir, y ni el reposo ni los fármacos la aguantaron unos días más. Nació urgida, lloró lo mínimo. Estaba lista para separarse de su captora.

Como el mensaje no parecía llegar, desarrolló una alergia a la leche materna. Allí se zanjó el pacto.

Mais habelas, hainas

Yo no creo en brujas, pero de que vuelan, vuelan.
—Dicho venezolano

Una sequía récord, graves problemas de tenencia ilícita de armas, violencia racial, aludes de migrantes indocumentados y desempleo aquejaban a aquella región. Desesperados por la mala racha y para cubrirse las espaldas, jueces y políticos dedicaron valioso tiempo y presupuesto público para perdonar públicamente a todas las que habían sido condenadas por brujería cuatro siglos antes.

QUITAPESARES

Venía de una larga estirpe de mujeres que curaban los males del cuerpo y del espíritu con sus manos, ramas y sahumerios. A su madre, abuela y bisabuela las conocían a todas como «las culebras» y eran muy solicitadas en aquella isla en donde la salud poco conocía de ciencia. Pero la joven se negaba a aceptar el mandato. Aspiraba a más, a distinto. Las ganas le pedían largarse de casa y conocer mundo, explorarlo en igualdad de condiciones que los demás. No quería para sí a una fila infinita de dolientes zarrapastrosos en la puerta de su rancho pidiéndole milagros y limpias a cambio de una gallina o de un racimo de plátanos.

Logró escaparse, estudiar y montar su consultorio en una clínica de la ciudad. En el cartel de la puerta pone «Dra. Áspid» y el olor a tabaco llega al pasillo.

AGRADECIMIENTOS

Aquí debería ir una lista muy muy larga con los nombres de gente querida a ambos lados del océano que me ha escuchado, leído, criticado, corregido, acompañado, confiado sus secretos (perdón, pero sabes que para los demás eres anónima), regalado sus historias. Para no pecar por dejar a alguien por fuera, gracias infinitas a todos.

En especial a Ginés S. Cutillas, porque me ha ido develando los secretos del micro con una paciencia a toda prueba, y a los compis de la mejor peña microrrelatera: a Gabo por acercarme a Platero Cool-Books, a Rafa y Raúl por su generosa lectura a prueba de erratas, a Paqui, Jesús, Javi, Esther, Elena, Vicente, Jorge, Ana, Jonathan, Edgar, Mónica. Gracias a todos por ayudarme a tumbar palabras, limar excesos y afinar títulos cada semana. Esto es un trabajo en equipo.

A Vero, porque hace unos años tuvo la sensibilidad de regalarme un curso en la Escuela de Escritores, que por azar terminó siendo de microrrelatos, segura de que me ayudaría a procesar el duelo de Mamá. Tenías razón. Gracias por escuchar con sentido del humor todas las versiones de cada uno de mis micros (y de unas cuantas mamarrachadas más). Y GRACIAS por hacer equipo creativo: amo la portada y las ilustraciones que me regalaste para este libro. Contigo hasta el final.

Y, por último, gracias a cada lector que eligió este libro de entre las más de 170.000.000 de opciones que existen en el mundo. Me siento halagada por semejante deferencia :)

ÍNDICE